# Basile boude

## William Steig

kaléidoscope

*Pour Jonathan, Alicia, Sido, Estelle, Jonas, Kyle et Serena*

Traduit de l'américain par Catherine Deloraine

Titre de l'ouvrage original: SPINKY SULKS Editeur original:
Michael di Capua Books / Farrar, Straus & Giroux

Loi n° 49.956 du 16 juillet 1949 sur les publications
destinées à la jeunesse: mars 1991
Imprimé en Chine par Imago Service, Hong Kong
ISBN 2-87767-045-7

Diffusion l'école des loisirs

Basile bondit hors de la maison et se jeta sur l'herbe. Il ne voyait même pas les fleurs de pissenlit qu'il fixait, tant il était bouleversé. Quelle stupide famille que la sienne! Elle était censée l'aimer, mais je t'en fiche! Personne ne l'aimait. Pas même sa mère.

Au bout d'un moment, sa sœur Willamina sortit et déclara: «Je suis désolée de t'avoir dit: "Basile à l'asile."» Basile ne répondit pas.

«Basilou, reprit-elle, je te fais mes excuses.» Basile ne répondit toujours pas et elle rentra dans la maison. « C'est m*aintenant* qu'elle me fait des excuses», marmonna-t-il.

Un peu plus tard apparut son frère Horace, qui l'effleura du bout du doigt. Basile l'écarta d'un geste. Horace lui dit: « Tu avais parfaitement raison. J'ai verifié dans le dico: Philadelphie *est bien* la capitale de la Belgique.»

Basile lui tourna le dos. La voix doucereuse de son frère était plus qu'il n'en pouvait supporter.

«Basile, c'est l'heure du déjeuner, annonça Horace. Maman veut que tu rentres.»

Au lieu de répondre, Basile alla grimper dans le grand arbre.

Ses parents le regardaient par la fenêtre. «Pauvre petit, il est si sensible, fit sa mère. Je devrais aller lui parler, Henri.»

«Ne fais pas ça, Rose, répondit le père, il a besoin de se calmer. En fait, il n'a aucune raison de bouder.»

À la tombée de la nuit, la mère de Basile sortit. Elle le couvrit de baisers et lui dit qu'elle l'aimait de tout son cœur, depuis le premier instant de sa naissance. Et même avant.

Puis elle l'enveloppa dans une couverture et l'embrassa encore: et le baiser n'était pas du chiqué. Mais Basile restait figé tel une pierre. Ces baisers trop tardifs ne l'intéressaient pas.

Le lendemain matin, quand son père partit au travail, Basile avait disparu.

Deux secondes plus tard, il était derrière la maison et donnait des coups de pied dans un bidon d'essence en grognant: «Tu parles d'un père!»

À midi, la mère de Basile lui apporta un plateau. Basile ne la regarda même pas et se dit: «Tout à coup, ils sont gentils avec moi.»

Quand elle revint, le potage à la tomate et les asperges étaient toujours là, mais les beignets et le raisin avaient disparu.

Horace et Willamina tombaient sur Basile dans des endroits les plus inattendus.

Tantôt ils essayaient de lui soutirer un mot, ou bien ils passaient devant lui sans rien dire.

Une fois, Horace se laissa même tomber sur ses vilains genoux et supplia Basile de lui pardonner les offenses qu'il avait pu causer. La haine de Basile ne fit qu'augmenter.

La mère de Basile s'assit à côté de lui et lui tint la main; mais le bras de Basile était aussi inerte qu'un spaghetti.

Willamina ramassa quelques marguerites et les glissa dans le hamac. Basile les jeta par terre.

Vers quatre heures, un cirque défila dans la rue. «Regarde, Basile, s'écria sa mère, des clowns! des éléphants!» Mais il ne voulut même pas jeter un regard dans cette direction.

Quelle famille! D'abord ils brisent votre vie; ensuite, ils s'attendent à ce que vous regardiez un défilé.

Saturnin et Isidore, les meilleurs copains de Basile, vinrent lui rendre visite. Saturnin grimpa dans le hamac et chuchota des histoires loufoques dans l'oreille de Basile. Basile le jeta par terre.

Saturnin et Isidore essayèrent de pousser le hamac comme une balançoire. En général cela plaisait à Basile, mais pas aujourd'hui. Il s'enveloppa dans le hamac et disparut; ses amis s'en allèrent.

Ce soir-là, le père de Basile lui fit un long discours. Il lui expliqua que tout le monde l'aimait quand même, bien qu'il eût tort de bouder comme un bébé. En fait - et peut-être ne s'en rendait-il pas compte - c'était presque lui le préféré des trois enfants.

Basile dut se boucher les oreilles pour éviter d'entendre ces salades. Personne ne semblait comprendre qu'il était un être humain avec ses propres pensées et des sentiments bien à lui, et personne ne parviendrait jamais à saisir la profondeur de son âme. Le monde était contre lui, donc lui était contre le monde; et ceci incluait tous les êtres vivants, à l'exception, bien entendu, des animaux.

La famille de Basile se faisait du souci. Elle ne supportait pas de lui voir un air aussi misérable. Cette nuit-là, la famille tint conseil et le père de Basile passa deux coups de fil.

Le lendemain était un jour de congé. Le soleil brillait, les oiseaux étaient contents. Basile s'en fichait complètement. Il restait couché dans son hamac, tel une pile de linge.

Sa grand-mère favorite passait justement par là, avec une boîte de ses bonbons favoris. Elle lui donna un bon gros baiser, mais Basile demeura inerte dans ses bras.

Après tout, elle appartenait aussi à cette race humaine dont il n'avait que faire à présent.

À ce moment-là, un clown traversa la pelouse tout guilleret; il brandissait une pancarte qui portait ces mots: BASILE, NOUS T'AIMONS. Le clown cligna de l'œil, mit la main dans la poche de Basile et en sortit un cornet de glace à trois boules (pistache, banane et chocolat).

Basile ne put s'empêcher de rire. Mais alors il remarqua la mine triomphante de son père et il comprit le topo. Le clown avait été *loué* pour lui remonter le moral. Eh bien, cela ne marcherait pas!

Pendant toute la journée, la famille fut aussi charmante et attentionnée qu'il est possible de l'être. Quand la pluie se mit à tomber, la mère de Basile le recouvrit d'une bâche et son père installa le parasol de plage.

Horace et Willamina lui apportèrent du gâteau et des sandwiches. Basile ne pouvait toutefois pas céder, bien qu'il commencât à y songer.

Ces gens-là ne savaient peut-être pas se conduire, mais du moins faisaient-ils des efforts. Était-ce leur faute s'ils ne résussissaient pas mieux? Basile n'était plus fâché, mais il avait sa fierté. Après toutes les souffrances qu'il avait endurées, comment pourrait-il faire volte-face et jouer le nigaud sentimental? Ça n'était pas son genre.

Basile resta éveillé, se demandant comment il pourrait céder sans perdre sa dignité. Il décida qu'il allait agir par surprise.

Avant l'aube, il se glissa dans la maison, et circula sur la pointe des pieds, très occupé par une affaire secrète.

Au matin, tous les membres de sa famille descendirent à la salle à manger, d'humeur morose. Ils y trouvèrent un festin mirobolant disposé sur la table et un clown aux couleurs criardes qui les invitaient à prendre place.

Bien entendu, ils comprirent qui était le clown et ils se mirent à rire si fort qu'ils ne purent s'arrêter avant longtemps.